AF494205

TABLEAUX

MODERNES

PROVENANT EN PARTIE

DE LA

COLLECTION DE M. D***

EXPOSITION PARTICULIÈRE : Le Jeudi 27 Mars 1862.

EXPOSITION PUBLIQUE

Le Vendredi 28 Mars 1862.

VENTE

Le Samedi 29 Mars 1862, à 3 heures très-précises.

Me ESCRIBE, Commissaire-Priseur.

M. F. PETIT, Expert.

RENOU & MAULDE

IMPRIMEURS DE LA COMPAGNIE DES COMMISSAIRES-PRISEURS

Rue de Rivoli, 144.

CATALOGUE

D'UNE BELLE RÉUNION

DE

TABLEAUX

MODERNES

PROVENANT EN PARTIE

DE LA

COLLECTION DE M. D***

DONT LA VENTE AURA LIEU

HOTEL DROUOT

SALLE N° 5

Le Samedi 29 Mars 1862

A 3 HEURES PRÉCISES

Par le ministère de Me **ESCRIBE**, Commissaire-Priseur,
rue Saint-Honoré, 217,

Assisté de M. Francis **PETIT**, Expert, rue de Provence, 43,

CHEZ LESQUELS SE DISTRIBUE CE CATALOGUE.

EXPOSITION PARTICULIÈRE

Le Jeudi 27 mars 1862, de une heure à cinq heures.

EXPOSITION PUBLIQUE

Le Vendredi 28 Mars 1862, de midi à cinq heures.

1862

CONDITIONS DE LA VENTE

Elle sera faite au comptant.

Les Acquéreurs paieront CINQ CENTIMES PAR FRANC, en sus des enchères.

LE CATALOGUE SE DISTRIBUE

A PARIS.... Chez Mᵉ **ESCRIBE**, Commissaire-Priseur, 217, rue Saint-Honoré.

— M. **Francis PETIT**, Expert, 43, rue de Provence.

A BRUXELLES.... M. HOLLENDER.

A LA HAYE....... M. VAN GOGH.

A AMSTERDAM... M. DEWRIES (J^{on}).

A BERLIN........ LEPKÉ (N.-L.).

L'école moderne a produit des maîtres qui illustreront l'histoire de l'art français au XIXe siècle. Il est intéressant de les voir réunis dans une collection bien choisie, où des exemplaires de haute qualité font apprécier les diverses périodes de leur talent.

Les Salons périodiques offrent un inventaire successif des œuvres contemporaines, avec commentaires par les écrivains les plus compétents. Dans les ventes publiques, c'est l'ensemble des amateurs et des collectionneurs qui révise, en quelque sorte, les jugements hasardés par la critique.

Les peintres qui ont subi cette double épreuve peuvent être tranquilles sur l'avenir de leur renommée.

Les Salons, l'Exposition universelle de 1855, les exhibitions étrangères, les ventes publiques, ont consacré ainsi, à des titres divers, un certain nombre d'artistes.

Ary Scheffer, Paul Delaroche, Camille Roqueplan, Decamps, parmi ceux dont on regrette la mort récente ; M. Ingres et M. Horace Vernet, MM. Eugène Delacroix et Théodore Rousseau, Jules Dupré, Diaz, Troyon, Meissonier, d'autres encore sans doute, voilà une pleïade qui s'en ira bravement à la rencontre de la postérité.

Nous trouvons la plupart de ces maîtres dans le catalogue suivant :

Ary Scheffer : un portrait de femme.

Camille Roqueplan : trois fins paysages.

Decamps : une scène d'intérieur, une marine, une chasse.

Horace Vernet : un tableau de genre.

Eugène Delacroix, quatre tableaux : une *Chasse au lion*, avec un paysage splendide, le *Goetz de Berlichingen*, peint en 1853, un *Lion déchirant le corps d'un Arabe*, sorte d'ébauche superbe et terrible, et le *Jésus endormi dans la barque* pendant la tempête, un de ses chefs-d'œuvre, qui excita le plus vif enthousiasme à l'Exposition du boulevart des Italiens, en 1860. « Composition tout à fait sublime, écrivait « alors Théophile Gautier dans *le Moniteur*. L'artiste « ne s'est pas élevé plus haut dans sa longue carrière « si bien remplie. Nous ne croyons pas qu'aucun « peintre de marine ait rendu d'une manière si sim- « plement terrible, si tranquillement vraie, une em- « barcation en détresse. Pour nous, cette petite toile

« nous semble rendre aussi bien les affres du nau- « frage que la grande machine de la *Méduse* de « Géricault, etc. » — Heureux le collectionneur qui possèdera cette poétique peinture, en attendant qu'elle brille au musée national.

Théodore Rousseau, deux paysages : *Après la pluie*, effet de lumière capricieuse sur un bouquet d'arbres et une campagne encore humide ; et les *Bords de l'Oise*, petit bijou terminé et ciselé avec amour ; on le couvrirait de sa main étendue, mais il y a pourtant un ciel infini qui se reflète dans la rivière argentine, de grands arbres au premier plan et des lointains à perte de vue.

Jules Dupré : *Le Berger*, peinture ferme et d'un caractère rustique très-expressif ; un *Village au bord de la mer*, première manière, naïve et sobre ; et un autre *Village près de l'Ile-Adam*, avec une percée de paysage entre les chaumières.

Diaz : *Chiens de chasse*, dont un épagneul d'un ton exquis ; un *Intérieur de bois*, une *Lisière de forêt*, un *Paysage montagneux* et une *Nymphe avec l'Amour*. C'est étincelant et harmonieux. De Diaz fils, mort si jeune, et qui était aussi un vrai peintre : un *Intérieur de forêt*, avec des cerfs.

Troyon, son chef-d'œuvre peut-être, et assurément une de ses œuvres capitales : *La Vallée de la Touque*, qui appartenait à la comtesse Le Hon, lors de l'Exposition universelle de 1855 ; le ciel est magnifique. et les grands animaux du premier plan rappellent ceux d'Albert Cuyp ; *le Chemin de la ferme*, sur lequel une paysanne conduit une bande d'oies. Ah que c'est amusant pour ceux qui aiment la campagne ! *Les Bords d'un étang;* on sent que c'est exécuté d'après nature et sous une vive impression ; *le Chargement d'un bateau* sur une plage à marée basse, peinture blonde et lumineuse, très-singulière dans l'œuvre de Troyon.

Meissonier, un tableau tout à fait rare aussi : *L'Amateur chez le peintre;* deux figures dans un atelier : l'amateur, debout, en pleine lumière qui caresse ses dentelles et ses bas de soie ; l'artiste, en arrière du chevalet. On ne sait trop comment c'est peint, dans une gamme monochrome, espèce de grisaille ou de camaïeu, dont toutes les couleurs locales se devinent cependant. Quelle fantaisie! Les raffinés préféreront cela peut-être aux tableaux où se heurtent des tons contrastés. Le second Meissonier n'a qu'une petite figure : *Jeune homme lisant* près d'une fenêtre.

Viennent ensuite un *Effet de soir* sur un moulin à eau, peinture subtile et harmonieuse, par M. Daubigny; *la Jeune Napolitaine* portant sur sa tête une amphore, élégante figurine par M. Hébert; quatre Eugène Isabey, dont une marine très-importante, avec des matelots qui montent une barque sur la plage, à l'approche de la tempête ; et MM. Willems, Ziem, Hoguet, Jacque, Belly, Guignet, Guillemin.

Édouard Frère, etc.; et même un vaillant paysage par Reynolds, le graveur anglais.

On voit que les principaux artistes de l'école contemporaine sont représentés dans cette collection, la plus distinguée qui ait encore été offerte aux enchères depuis le commencement de la saison des ventes publiques.

T.

DÉSIGNATION

DES

TABLEAUX

BELLY

1 — Paysage. Soleil couchant.

H. 53 c. L. 45 c.

CABAT

2 — Paysage. Les deux âges.

H. 32 c. L. 51 c.

DAUBIGNY

3 — Moulin à eau près de Cernay. Effet de soir.

H. 25 c. L. 46 c.

DECAMPS

4 — Bonne femme filant auprès de son feu.

H. 14 c. L. 20 c.

DECAMPS

5 — Chasse au marais.

H. 09 c. L. 13 c.

DECAMPS

6 — Marine.

H. 32 c. L. 46 c.

DE DREUX (A.)

7 — Chiens emportant un rat.

H. 27 c. L. 50 c.

DELACROIX (Eugène)

8 — Jésus endormi dans la barque pendant une tempête sur le lac de Génézareth.

« Composition tout-à-fait sublime... Jamais toile ne produisit à coup sûr « impression pareille... L'artiste ne s'est pas élevé plus haut dans sa « longue carrière, si bien remplie... »

(Théophile Gautier : *Moniteur* du 6 Février 1860.)

H. 58 c. L. 71 c.

DELACROIX (Eugène)

9 — Chasse au Lion.

H. 46 c. L. 56 c.

DELACROIX (Eugène)

10 — Gœtz de Berlichingen écrivant ses mémoires.

ÉLISABETH (*sa femme*).

« Eh bien! achève d'écrire l'histoire de ta vie, ce sera dans la main de tes amis un témoignage qui pourra leur servir un jour à confondre tes ennemis. »

GOETZ.

« Écrire! ce n'est qu'une oisiveté affairée! ce métier me fatigue et m'ennuie. Pendant que j'écris ce que j'ai fait, j'enrage de perdre un temps que je pourrais employer à faire autre chose.

Drame par Gœthe, Acte IV.

H. 27 c. L. 20 c.

DELACROIX (Eugène)

11 — Lion déchirant le corps d'un Arabe.

H. 28 c. L. 35 c.

DIAZ

12 — Chiens en Forêt.

H. 60 c. L. 90 c.

DIAZ

13 — Intérieur de bois avec figures.

H. 46 c. L. 37 c.

DIAZ

14 — Paysage de Montagnes.

H. 36 c. L. 64 c.

DIAZ

15 — Nymphe et Amour.

H. 32 c. L. 25 c.

DIAZ

16 — Lisière de forêt.

H. 24 c. L. 32 c.

DIAZ (Fils)

17 — Intérieur de forêt avec animaux.

H. 27 c. L. 40 c.

DUPRÉ (Jules)

18 — Paysage. Le Berger.

H. 17 c. L. 27 c.

DUPRÉ (Jules)

19 — Champagne près l'Ile Adam.

H. 55 c. L. 43 c.

DUPRÉ (Jules)

20 — Village au bord de la mer.

H. 50 c. L. 64 c.

DUPRÉ (Jules)

21 — Paysage.

H. 27 c. L. 22 c.

ÉDOUARD (Frère)

22 — Intérieur de cuisine.

Un jeune garçon fait naviguer des petits bateaux dans un baquet.

H. 30 c. L. 24 c.

ÉDOUARD (Frère)

23 — Le Petit Curieux.

H. 30 c. L. 23

GUIGNET (A.)

24 — Intérieur de forêt.

Un corps de troupe traverse un gué.

H. 45 c. L. 54 c.

GUIGNET (A.)

25 — Cavalier cheminant au milieu des rochers.

H. 26 c. L. 40 c.

GUILLEMIN

26 — Les Premières lettres.

H. 35 c. L. 28 c.

HEBERT

27 — Les Captives.

H. 118 c. L. 220 c

HEBERT

28 — **Fille d'Alvito, (royaume de Naples).**

H. 41 c. L. 27 c.

HOGUET

29 — **Cheval de paysan à l'écurie.**

H. 18 c. L. 20 c.

ISABEY

30 — **Marine. Gros temps.**

Des matelots montent une barque sur la plage.

H. 107 c. L. 155 c.

ISABEY

31 — **Baptême dans une chapelle néerlandaise.**

H. 66 c. L. 41 c.

ISABEY

32 — **Marine avec bateaux pêcheurs.**

H. 26 c. L. 32 c.

ISABEY

33 — **Port en Bretagne à marée basse.**

Une vieille tour domine la mer.

H. 39 c. L. 59 c.

JACQUE

34 — Les derniers moments.

H. 11 c. L. 15 c.

JACQUE

35 — Coq et Poules.

H. 08 c. L. 10 c.

LAMI (Eugène)

36 — Bataille de l'Alma.

H. 60 c. L. 105 c.

MEISSONIER

37 — L'Amateur chez le Peintre.

H. 21 c. L. 17 c.

MEISSONIER

38 — Jeune homme lisant près d'une fenêtre.

H. 16 c. L. 10 c.

REYNOLDS

39 — La Seine près Saint-Cloud.

H. 27 c. L. 42 c.

ROQUEPLAN

40 — Pâtre italien et son troupeau.

H. 19 c. L. 25 c.

ROQUEPLAN

41 — Environ de Pau. Paysage avec animaux.

H. 23 c. L. 30 c.

ROQUEPLAN

42 — Le Cours-la-Reine.

H. 2[illegible] c. L. 45 c.

ROUSSEAU (Théodore)

43 — Les Bords de l'Oise.

H. 17 c. L. 44 c.

ROUSSEAU (Théodore)

44 — Paysage après la pluie.

H. 40 c. L. 63 c.

ROUSSEAU (Philippe)

45 — Musique de chambre.

H. 58 c. L. 44 c.

ARY SCHEFFER

46 — Portrait de femme coiffée d'un turban.

H. 66 c. L. 48 c.

SCHEFFER (Henry)

47 — Jeune mère et ses enfants.

H. 40 c. L. 32 c.

TROYON

48 — La Vallée de la Touque (Normandie).

(Ce Tableau capital qui faisait partie de l'Exposition universelle de 1855 appartenait alors à Madame la Comtesse Lehon.)

H. 195 c. L. 260 c.

TROYON

49 — Chargement d'un bateau sur une plage à marée basse.

H. 50 c. L. 70 c.

TROYON

50 — Bords d'un étang. Paysage et Animaux.

H. 25 c., L. 35 c.

TROYON

51 — Le Chemin de la ferme.

Une paysanne conduit une troupe d'oies.

L. 27 c. H 22 c.

TROYON

52 — Bœufs dans un paysage.

H. 27 c. L. 34 c.

VERNET (Horace)

53 — Chasse au marais.

H. 31 c. L. 41 c.

WILLEMS

54 — Le Duo.

H. 35 c. L. 27 c.

ZIEM

55 — L'Entrée de la place Saint-Marc, vue du grand Canal.

H. 78 c. L. 53 c.

ZIEM

56 — Venise.

H. 21 c. L. 35 c.

Renou et Maulde, imprimeurs de la Compagnie des Commissaires-Priseurs,
144, rue de Rivoli. 10412

www.ingramcontent.com/pod-product-compliance
Ingram Content Group UK Ltd.
Pitfield, Milton Keynes, MK11 3LW, UK
UKHW020533180726
13839UKWH00005B/2484

9 782329 453828